阳光集

马晓康 ◎ 主编

宋朝阳 著

在瓦蓝瓦蓝的天空下

山东友谊出版社·济南

图书在版编目（CIP）数据

在瓦蓝瓦蓝的天空下 / 宋朝阳著. -- 济南：山东友谊出版社，2022.10（2023.9 重印）
（阳光集 / 马晓康主编）
ISBN 978-7-5516-2307-0

Ⅰ.①在… Ⅱ.①宋… Ⅲ.①诗集 - 中国 - 当代 Ⅳ.①I227

中国版本图书馆 CIP 数据核字 (2022) 第 194270 号

在瓦蓝瓦蓝的天空下
ZAI WALAN WALAN DE TIANKONG XIA

责任编辑：王 洋
装帧设计：北京长河文丛文化艺术有限公司

主管单位：山东出版传媒股份有限公司
出版发行：山东友谊出版社
　　　　　地址：济南市英雄山路 189 号　邮政编码：250002
　　　　　电话：出版管理部（0531）82098756
　　　　　　　　发行综合部（0531）82705187
　　　　　网址：www.sdyouyi.com.cn
印　　刷：济南乾丰云印刷科技有限公司

开本：880 mm×1230 mm　1/32
印张：39.875　　　　　　字数：900 千字
版次：2022 年 10 月第 1 版　印次：2023 年 9 月第 2 次印刷
定价：180.00 元（全六册）

目 录
CONTENTS

第一辑　流光

003　野樱花
004　凤池山所见
006　油菜花开
007　大幕红
008　雨水
009　豌豆花
010　四月
011　松之华——读夏勋南老师同题摄影作品
012　香樟叶
013　杨树串
014　麦子黄了
015　插花
017　爬山虎
018　七月
019　盛夏的抖音
020　栀子花香
021　桂花是真的香

022　窗外，有一棵桂花树
024　栾树
025　狗尾巴草
026　龙须草
027　银杏树
028　牛蹄印
029　冰

第二辑　风味

033　九宫山
034　一线天
035　云中湖
036　春游石龙沟
038　望大崖头瀑布
039　眺步步高梯田
040　闯王陵
041　隐水洞
042　横石八大碗
044　大畈麻饼
046　源头村印象
047　橘乡秋晨
048　白鹭归林
049　龟兔弯
050　读摩崖石刻

第三辑　虔敬

- 053　己亥春联
- 054　除夕
- 056　敬祖
- 058　祖母在左　祖父在右
- 060　一条小路穿过高速涵洞
- 062　茼蒿花
- 063　白月亮
- 064　门楼字
- 065　一场白雪里全是她们的身影
- 066　门

第四辑　如愿

- 069　打手机的那个人
- 070　父亲的薯窖
- 071　我喊娘亲为"哎奶"
- 073　糯米
- 074　黑荸荠和红草莓
- 075　决明子枕
- 076　爱的"疕书"
- 078　早春的对应
- 079　提篮花
- 081　厨房
- 082　我的生日连着端午过
- 084　瓦和我

086　泉水眼

087　山那边

088　一棵树

089　看樱花

090　易碎的

091　麦芒

092　第三个愿望

093　砌书墙

095　分享珍藏

096　从脚开始

097　中年辞

098　坐拥山腰

第五辑　烙画

101　老南瓜

103　青蚕豆长有很黑的眼睛

104　挖笋的学问

105　苹果的力量

106　野木耳

107　喜树喜光

108　树叶

109　小麻雀

110　一只小松鼠

111　练习倒走的人

112　城市蜘蛛人
113　拇指向拇指的致敬
115　手语
116　剁声
117　水草
118　红花草
119　山歌传承人
121　祖祠的新功能
123　石头上的烙画
124　钉子
125　一张砂纸

附录

128　著名诗人叶文福点评《野樱花》
129　著名诗人、诗评家汪剑钊点评《老南瓜》
131　浙江诗人李宝祥点评《第三个愿望》
132　陕西诗人丛影点评《树叶》
133　诗人访谈：《山东诗歌》主编禾刀与诗者的对话
　　　——挖掘平淡生活中的美好，追求朴素本真的诗风

第一辑

流　光

我深知，我愈来愈热爱的红大幕
一旦开启，就有接二连三的好戏

野樱花

因三月而开
一树,是繁花满树
一山,是繁花满山

比桃花站得更远,更高
它姓野,有野性子
比杜鹃醒得更早
它名樱,它是山的宝贝、山的女儿
一露脸就娇羞地粉红
一朵一朵,细碎的心情,星星点点
一朵一朵,绽放的花事,密密麻麻
拥在一起,挤挤挨挨
抱作一团,热热闹闹
漫成一片,芬芬芳芳
空山无花,它先发声
枝头无叫,它唱主角
风一说就成景,花一开就成海

野樱花,野樱花,三月的
打顶坳上,满山又满眼的就是它……

凤池山所见

桃红似她娇羞的粉脸
李白似她纯洁的心地
她轻扬春风的手指
弹拨春山的琴弦……

在山顶,在寺旁
在桃林深处,一位女孩
身穿洁白的裙裾在抚琴
桃的虬枝为她搭起古典的画框

她的琴音如行云流水
流水上满是芬芳的花瓣
她的旋律似微风细雨
细雨点染宋词的意韵

仿佛千年的修炼
方成就仙女
仿佛千年的相约
正是春山的代言

更令人惊奇的是,沉醉抚琴的
女孩,她一直露出两个甜美的
酒窝,一个桃红的酒窝
一个李白的酒窝

好庆幸这次上山,我亲眼
看见,一位摄影师正全神贯注
他拍下一位抚琴的女孩
他拍下桃红李白的整个春山

油菜花开

低处畈中的铺展,是成片成片的
高处斜面的错落,是成块成块的

这早春极富侵略性的花
大规模占领了鄂南丘陵地带

一些纵横交错的田塍隐遁其中
重新完成了对大小村湾的包围

乘三月阳春和金黄的花海一起回暖
成群的蜜蜂正振翅忙碌不停

可以预想,好看的花儿会结出饱满的籽荚
无比馨香的日子美得流油

此时,一幅农人们随意绘就的无边的画
让远近游客无不想成为画中人……

大幕红

春天的大幕早已拉开
我愈来愈热爱春天的大幕山了

我要告诉你绿色的舞台上上演的惊喜
先看山的右边,是三月,是序曲
你会适逢一场芬芳的樱花雨
湿了期待、梦幻和止不住的呼吸
那春天的开场多么富有诗意
我要引导你,再看山的左边
是四月,是彩排,是山上的
人间四月天。一棵又一棵
红杜鹃恣意绽放。一山又一山
红杜鹃铺红霞织彩锦。是不是五月要来
春天怀抱火热,渐入高潮佳境

我深知,我愈来愈热爱的红大幕
一旦开启,就有接二连三的好戏

雨　水

立春之后是雨水
合时令的雨水来了
雨一下　水就暖

用细细的针编织密密的帘
风咯吱了雨的腰身
大地跳起轻盈的舞蹈

雨是水的谜面
水是雨的谜底
雨水联手说出了春的秘密

豌豆花

两只紫蝴蝶飞呀飞
飞进豌豆地里,就不见了

豌豆正开花,紫色的花
一朵,一只紫蝴蝶;一朵
一只紫蝴蝶

微风一吹,十万只紫蝴蝶扇动春天
春天里,豌豆苗噌噌往上长

四 月

山杜鹃
最先灿烂四月

融融春日
有鹰翅捎回暖意擦亮天空
雨滴弹拨出一片汪绿的深情
奏出清新的旋律
有星星点点的野花拥抱山乡
绽放春之热烈……

而四月
有忙碌的心情
静静的水塘
映照春美丽而忙碌的倩影……

松之华
——读夏勋南老师同题摄影作品

十万松针,十万伏兵
一齐张弓搭箭

春天发起的战事
松涛吹响了号角

松之华在箭上,萌发
并书写松树全新的风格

簇新的箭,又直又长的箭
于春风春雨中淬火磨炼

一场绿色的战争
想必永无休止符

松之华,一直剑指天空
剑指春天的心脏……

香樟叶

没有一片叶比香樟叶更长久
更幸福。一片香樟叶
萌于春天,没有消失在秋冬
反而在万物勃发生机的四月,我看到
唯一的叶的飘零,是无悔的飘零
时间静音,四季常绿的梦不声不响
时间静音,片片红叶离开,又好像
即刻返老还童,即刻重生
太多太多的嫩绿从墨绿中探出头来
直起身,举起片片心愿
轮回,前世今生

杨树串

五月的小河边
一棵高大的杨树结出青涩的果
小小的果是成串的
一串串垂吊的诱惑填满了我的星空
少年的我
爬上杨树摘星星
一摘就是一大串

麦子黄了

五月,麦子黄了
铺向远方的金黄灼痛了谁的眼

麦子黄了,麦子垂下沉重的头颅
在风中摇颤

麦子黄了,闪动的银镰
是躬身向下的农人的背

那支五月的歌啊,打从麦地飘过
可曾掂出金黄的麦子与黄金同样地沉甸甸……

插 花

她回了趟乡下
捧回一束花
插在瓶中
一下子,芬芳了家

花是野花
有知名的、不知名的
她走一路摘一路
那么多惊喜汇成一束

透明的玻璃瓶
注入净水
稍稍摆弄
便成一件香美的作品

每天,她勤于换水
无根的茎像吸管
吸新鲜的养分
开新鲜的花

有时摆在窗台
有时放在书桌
有时又将花枝稍做调整
再凝视,又是一道新风景

爬山虎

写意一堵墙垣,抑或
写意一面石壁……

石头上竟然可以扎根
每走一段便扎下一个根
贴面直立前行,步步为营

饱蘸四季的雨水
哪怕再怎样粗硬、灰冷的所在
依然可以张开绿叶的想象
涂抹常青的主题

以我卑微的生命爬满你的全部
我是不倦的行者和画王
原来这世间虚无甚至不堪的一面
也是美妙的画板……

七 月

像一把时光的匕首斜刺过来
将我的心刺穿,刺得生疼,警醒
忽然想到人的一生,一生中的一年
一年中的一半过得飞快
尤其今年角逐的上半场有太多耽搁
所幸一切向好,我依然相信
在今年,在今年的下半场
又有良好的开端
哪怕盛夏炎热和蝉鸣聒噪
有人已做好准备,他将
铺陈一场音乐盛典
在汗水中提取更多的盐

盛夏的抖音

我们都是盛夏的朋友
刚入伏,酷暑还长着呢
一条抖音便迅速抖热了这个夏天
每日格外醒得早,睡得迟
却带来一年中最光亮的日子
最蓝的蓝天,最白的白云
组合成最美妙的视频
无须配乐,自有蝉鸣包围
那是隐身的歌者在歌唱
似潮水渐近,渐响
渐低下声去,直至消失
不一会儿又重新奏响
夏日的主旋律和最强音
一次鸣唱恰是一条抖音的长度
自然,单调,却有重复的必要
使我不惧,并忆起一句话
"凡有蝉鸣的地方必有树或树林……"
盛夏的朋友圈不断扩大
浓荫不断扩散

栀子花香

你说,给你一个透明的玻璃瓶和
一瓶清亮的水,便已足够

我说,我得用整个房子装你三两枝
装满我心房。让接下来的生活
生如你洁白
活如你清香

桂花是真的香

那么多,那么细小,那么金黄
仿佛一夜之间,就从繁密的、葱绿的枝叶间
钻了出来

忍不住驻足,忍不住凝视,忍不住细嗅
仿佛世间的一切,都是有福的。我欲与之交换
身体,逼出内心的羞愧

窗外，有一棵桂花树

从五楼阳台往下看
一小块空地，兀地凸起一个绿球
这状似圆球的四季常青的桂花树
是我此生见过的最漂亮的桂花树
这是我当年首选这个小区的原因之一
每次从树下走过，总会情不自禁地打量
这棵树没有主干，从底部就开始分枝
从下往上，一直在分枝
然后，越长，外围的枝条就离地越近
就像一把无柄的自然的大伞
将这一小块空地完整披绿
我刚开始住进这个城中村时
还有不少空地可以走走看看
慢慢全消失了，天空也越来越逼仄
我心里常常暗自庆幸
有这棵珍贵的、好看的桂花树陪伴
到了九月，又格外清香
附近的村民说，就算有人愿出价十万也不卖
我深感他们很有情怀
每年清明，我还留意到大树下

这一小块空地上
盛开着五颜六色的纸花
鲜艳地点缀着几座土坟

栾　树

花是果，果是花
一边开花，一边结果

秋愈深，栾树愈美丽
大栾树、小栾树都是醒目的风景树
一样的树冠，开一样暗红的花

你所以为的如花之果
其实是暗中结籽之果

狗尾巴草

再也没发现如此象形的植物了
在路旁、在荒地、在沟渠边……
嗅到哪儿啦,便在哪儿安家落户
那时,它们越长越像,越长越像
我们随便扯上两株
将它们弯圈套在一起
就可以玩一种拉锯的游戏
左锯右锯,锯来锯去
我们的童年没有胜负,却拉扯得更紧
至今,我从没忘记这无比卑贱的狗尾巴草
秋深了,风一吹
狗尾巴草的种子不像蒲公英的种子
飞不了多远
来年春天,几乎就在原地萌发生长
只会长出更多

龙须草

又回家乡,又见龙须草
我不能说深秋的龙须草枯了
我只能说它死了
它死了,却挺起硕大的头颅
它死了,长长的发须披向一边
我清楚记得它活着的样子
在最瘠薄的地方扎根
在向阳的坡上生长
不是一株株,而是一丛丛
丛丛团起葱绿蓬勃
我不清楚它何时死去
但我清楚它死时能派上用场
我的祖辈利用它不死的韧性打草鞋
然后,用穿草鞋的脚走完一生
我的祖辈利用它不死的韧性搓麻绳
最后,还是用长长的结实的麻绳
绑了祖辈的棺木上了山

银杏树

立冬前后,是银杏树最好看的时候
树叶黄了,满树的叶黄了,那是
纯净的黄,透彻的黄,惊艳的黄
黄到极致之时,也是立冬之日
要说此前,那最早的第一枚落叶
开始了告别,那金秋时节边黄边落的
叶子就全都在告别
要说此后,那最后仅存的一片落叶
滑入冬的怀抱,那么多命运飘零的叶
就全都在回归,并最终得到了圆满
在我看来,所有的落叶都是有福的
所有落光叶子的银杏树也将是有福的
哪怕比冬天更凛冽的风吹过
那完全光秃秃的银杏树,因为
举着干净又纯粹的枝条,举着
对春天的希冀和梦想,必然新生
你看,在这秋去冬来之日
与立冬一起并立的银杏树
最有资格高且直,站成世上最唯美

牛蹄印

披一身洁白洁白的寒冷
踩一线白皑皑的孤单
摇一串长长的铃铛

这铃铛声是对春的呼唤吗
那漾满这呼唤的牛蹄印
深深印在雪地上……

冰

最是柔软的爱恋
最是爱恋的冰点
最是冰点的透明
最是透明的坚硬

冷的冰
冰的花
花的唇
唇的火

第二辑

风　味

无非是一股水，汇聚众多的水
穿越十里出口，学会了隐身术

九宫山

时晴　时雨
迷蒙的雾纱巾　欲隐欲现
青翠的容颜
断头松临风而立
唯一的古迹与红砖绿瓦交相辉映
云关古寺的钟声远了
陶姚仙子的歌唱不会再来
登高就登铜鼓包
观险就临喷雪崖
悠闲最是云湖畔
只是
难解一湖孤心
日夜静抚不变的情怀

一线天

你如期走入峡谷
两边的崖壁疯长着
有一天会互相拥抱吗

踩着随处躺下
又无处不是的冷石头
没一丝绿意
这儿　风很细
雨很轻

而
爱与恨　真善美与假丑恶
于对峙中形成
命运以特定的方式驰骋
不是绝望的回声
有雁翎飘下一种呼唤

秘而不宣
默默抬头
哪怕是一线天……

云中湖

请亮出你的玉镜
那云中的湖　湖里自有
山光水色

请捧上你的琼液
那云中的湖　只需一滴
天地合一在心中

请举起你的酒杯
那吻天的湖　醉上一次
别梦依稀相逢中

春游石龙沟

十里音乐的画廊
十里画廊的音乐

一级一级的石阶铺就
期待已久的梦想
从探险者的脚步出发
直抵谜般的神秘

如镜的龙湫
静静地映照亘古的原生态
隐隐约约的小石龙
只想长伴鸟鸣和溪响的天籁

知名不知名的花开着
蜿蜒而行的藤蔓攀爬着
无所畏惧的峭壁耸立着
连珠的叠瀑动感地挂着
这自然的世界就那么绿着

面对懒拙和尚的拱手相迎

心会跟爱一起交织
带上补天遗石的传说
锁云桥上饱览不尽一路的美妙

好个春归自然
撞击游人的身心
留有回味不尽的画外音……

望大崖头瀑布

420米，站起的高度
立起的落差，打上巨大的惊叹
如立体的轴画，挂四季的绚烂
如美妙的竖琴，拨心动的天籁
啊，就让站立的激情与
不竭的梦想，倾泻，倾泻
溅起山外的回响……

眺步步高梯田

不过是片山坡　好大的坡
不过是片稻田　梯形的田
层层叠叠的梯田顺着楼梯往上爬
层层叠叠的绿意顺着山坡往上长
一场无规则的游戏　风唱起了主角
春天低下去　低下去
画幅铺开来　铺开来
那是绿色的版画啊
令人惊叹的绝版风光

闯王陵

轻轻走过 39 级台阶,很快来到
陵墓前,脑海闪现英雄不凡的一生
却在这里标注令人唏嘘的句点
高大的墓碑上,不见了无谓的生死纷争
陈列馆里,回放着一幕幕历史的真实
在闯王塑像旁留影,再久久凝视警世钟
耳畔响起一位伟人的誓言警句
感谢这钟声让人深受教育

隐水洞

无非是一股水,汇聚众多的水
穿越十里出口,学会了隐身术

我凝视一滴倒立的水,自远古往下滴
石笋向上长,天鹅之吻就要实现……

横石八大碗

端上一碗是汤
端上一碗又是汤
一碗、两碗许是点缀或配角
七碗、八碗却构成一桌汤水席
（枣桂汤、蛋丝汤、捶肉汤、油干子汤……）
丰盛得宛如一道风景，那是
味觉的风景，舌尖上的盛宴
碗是大碗，或大青花，或大土钵
碗碗盛满风土人情
碗碗都是主打，都唱主角
那汤是热，是沸，热心热肺
那汤是稠，是浓，水乳交融
那汤，不讲究形式
却装着很多内容
那汤，不在意排场
却特别实用美味
那是水煮的民风，汤滚的传奇
现如今，一般吃不到汤水席
吃到也在民间，吃时
一般不用筷子，稍嫌有点费劲

还是用汤匙舀，才可点滴不漏
舀起的是汁，是精髓
是岁月的甘美和芳香
俗话说一方水土养一方人
也说人好水也甜
我有幸尝到这里的汤汤水水
我赞美这土和水
我赞美这碗和汤
此地甚好！汤是正宗
汤是万变不离其宗

大畈麻饼

十五的月亮大又亮
大畈的麻饼圆又香
你是天上的月,我是地上的饼
中秋之夜共享最好的月饼
我是原料,我是高级面粉、上等芝麻、优质茶油
我是冰糖、葡萄干、陈皮、金钱橘……
我是手工,我是拌、是揉、是搓、是打、是削
我是流程,我是一蒸二熏三烘四烤,出笼晾干即可食用
我是历史,出生于明清,并最早出自阮姓之手
我是"一绝",我曾享誉武汉三镇……
总有年年,年年有今日
我是色香,我是味美,诱惑你的胃
我是质感,我是隐喻,擦亮你的玉
我是童年,我是故乡,永驻你的光
我是磨盘,我是年轮,映照你的魂
总有年年,年年有今日
我是亲人静静的守候,我是游子切切的怀念
我是合家美满的欢聚,我是世间暖暖的温情
总有年年,天上的银光在流淌
年年有今日,密密的小芝麻,双面金黄

你是天上的月，我是地上的饼
中秋之夜共享最好的月饼
十五的月亮大又亮
大畈的麻饼圆又香

源头村印象

路往上延
就是从田畈往山里走
有多少垄岔,就有多少分支
大路、小路没有名字
到哪里去,就直呼走的什么路
比如:外石棺材、里石棺材、黄鹤楼、福延林……
有的村湾大,有的村湾小
都是一棵树上结下的巢

水往下流
有山,就有水
有山谷,就有小溪
除了山顶几户人家
一条小溪与另一条小溪的交汇处
必出现一个稍大的村庄
所有的溪流,都是一棵树上的血脉枝条
出得山来,在田畈流成了河

橘乡秋晨

乳雾迷蒙于水上
乳雾朦胧了山的层次
渐渐,渐渐
便湿了山洼水边的村落的睫毛
湿了如蛇般曲曲弯弯的小路
及小路上早起村民新的希冀

坚实的脚步踏响了那沉重又辛酸的记忆
多少期待就盼这样一个丰硕的秋
担着箩筐拿着剪刀去收获
收获被晨雾遮掩的喜悦
而喜悦又这样含蓄

当洁白的薄纱悄然退去
山尖挑一个火红的太阳
红了山冈　醉了河水
那是橘乡最大的橘子呢
四射的金光
一瓣两瓣三瓣……

白鹭归林

岛是林子的家
湖是岛的家
暮晚时分,我看见白鹭回家

逆光中飞来一道白色的剪影,它停在不远的林子里
变成一朵小小的白影
顺光中飞去的白光点点,它们依次停在林子里
成千上万只白鹭,此时一起停在寂静的林子里
我的眼里只剩下了白

可以确定的是
那片茂密的株树林,就叫白鹭林
那座无名的小岛,就叫白鹭岛
它们的命名,抄袭了富水湖最美的白鹭的名字

龟兔弯

行行行至龟兔弯
已是距凤池山顶不远了

一个急转弯,一个小得不能再小的锐角
形成了一个大转折

有人留意到,路旁的一面钝角凸视镜
仿佛谁的眼睛
装入你的来路
目送你的去影……

读摩崖石刻

用铜修饰肝，用铁修饰胆
用"铜肝铁胆"足以定义一个有正气的人

这铜铁的繁体可以简化，但需记取一句深刻的
警言：字要写，身体内的铜铁要打……

注：在湖北省通山县通羊镇管家村下首、石牛潭北岸水浒崖上有摩崖石刻"铜肝铁胆"，为明代邑人朱廷立手书。

第三辑

虔　敬

趁黄昏还没到来
将所有的祭奠仪式虔诚做完

己亥春联

将玉犬写在上联,让玉犬回宫去
将金猪写在下联,让金猪拱门来

用迎新年对辞旧岁
一边满是自豪喜悦
一边道尽祝福期望

这一日,恰是巧合
当立春邂逅除夕
乘春日,过大年

借欢度春节的横批统领
快快打开贴着红春联的大门

除 夕

一年中，最盛大的节日
被十个指头数着倒计时
如果头天还没有抵达，这天
再忙碌的人也只能快马加鞭地回家

乡村是我们的根
父母是我们的天
开枝散叶的我们
这天，不论远近
只有一个共同的声音和指向
——回家

回到家乡回到我们生命的原点
回到父母身旁我们仍然是长不大的孩子
而我们的孩子却突然长大了不少

今天，无边的亲情和快乐充盈了时空
今天，巨大的温暖包围了我们
年饭是今天的最高形式
团圆是今天的合家欢

一年中，最盛大的节日
被春晚数着倒计时
零点的钟声敲响
心底升腾起祝福
祝福亲人，祝福新年

敬　祖

大年初一是新年
大年初一最热闹

开门鞭响过
锣鼓敲起来　仿佛集结号
将喜庆的人们集拢
一个老传统　一个旧风俗
一条姓氏的河流源远流长
一根精神的脐带韧劲十足
在祖堂　在供奉先祖的地方
有热闹　更有寂静、肃穆
点燃一炷心香
叩下三个响头
在寂静中聆听　在肃穆中仰望
自有福泽的灵光闪现
仿佛先祖也在注视我们
同宗　又同一个新的朝向
共祖　又共一个新的愿望
血液流贯了你我
你我接受了洗礼

这是大年初一　我们
在热闹而庄严的祖堂　从敬祖出发
我们的新年由此开启

祖母在左　祖父在右

靠左，一块墓碑
上面刻着我祖母的生卒
靠右，另一块墓碑
上面刻着我祖父的生卒

这坟葬反了，有不明就里的乡亲说
按风俗应是
男左女右呢。我的父亲
告诉我们，这是他们生前的约定

我那苦命的祖母走得早
那时，我还小，记不清她的容貌
后来，我那一辈子勤扒苦做的
祖父也走了，他如愿兑现了诺言

在山上，我的祖父祖母相依相伴
待在一起。而在家中
我的父亲也把他们
请到了一起，抬头就可看见

一幅特意生成的合影照,醒目地挂在
墙头,同样的是——
祖母在左,尽管是我祖母当年的画像
祖父在右,好在是我祖父的真颜

一条小路穿过高速涵洞

祖屋的背后是山
山上有两个凸起的土堆
土堆下埋着我的祖父祖母

祖屋距离山实在不算远
一条小路将两者相连
小路上走过我祖父祖母的一生

小时候我也在这小路上走着
从祖屋门口仰望过山的模样
从山顶眺望过祖屋的炊烟

前几年杭瑞高速公路建成
正好经过我家乡
正好穿过山脚下

从此,高速公路与小路垂直交叉
交叉处建有涵洞
确实是很大的涵洞

我每次从高速公路上经过
总要找寻那座山
和山上两堆垒起的土

我每次清明回乡
再走那小路
都又盼又怕那小路穿过高速公路

大涵洞仿佛睁着大眼睛
我惊讶它的目光
守着山,守着土

我的祖父祖母一辈子没离开过山
一辈子踩着这小路
他们没见过高速……

茼蒿花

茼蒿命很贱的
给点土就生长
我那菜队里的姑妈
就喜欢按时播种收获
那茼蒿好像怎么掐也掐不完
可一旦老了
需要腾出地时
却是一棵不剩
我从没见过茼蒿开花的样子

我那苦命的姑妈
种了一辈子蔬菜
五十多岁去世后就埋在了菜地旁
剩下我那无比坚强的姑父
在剩下的日子里
照旧年年种茼蒿
每到暮春时节
总有剩下的一棵或两棵
在菜地开出花来
比野菊花艳丽多了

白月亮

趁黑夜还没降临
圆圆的白月亮早就升起
升起在村口一棵老柏树的枝头

趁黄昏还没到来
将所有的祭奠仪式虔诚做完

先人们
最理解那些
千年沿袭的风俗

趁老家自古就有的节日
细细端详那轮白月亮
洒向老柏树的清光……

门楼字

我的祖辈、祖辈的先辈
没有一个识字的
据说,这字
是我曾祖父建新房时
花了几担谷请人写上去的

我父亲乃整个家族第一个识得字的人
只有他可以将字读出来
只有他可以一字一字读给族人听

到了我们这一代
没有一个不识字的人
我们都或早或晚读出了
"厚德流光"这四个大字的分量

"一棵菜发大了"
如今,这百年老屋也老了
这老屋终将消失
这字,相信会是永远的种子
播撒在一辈又一辈后代的心田

一场白雪里全是她们的身影

请原谅
当 2020 年的第一场雪
呼啦啦卜到人间
我只能在窗口凝望

请原谅
我不便用戴口罩的嘴巴将赞美说出
我只能一直深情地凝望

眼前,那么多的洁白从天而降
前方的前方,那么多的白衣天使
仍在逆行而上

一场白雪里全是她们的身影
白雪覆盖我的忧伤
白雪终将洁净这人世间的
每一个地方

门

"人与门只能一同生长起来"
这是著名诗人王家新曾写给我的赠言
时间：1987年7月，地点：九宫山

其时，少年的我正凝视诗和远方
我像一匹马，妄想闯入神圣的殿堂
相信有多少创造，就有多少可能

又是何时？何地？我弄丢了一句话
一向蛮横无理的生活关紧了要命的门闩
一度沉迷枯燥的日常

现在，我说的是现在
当我以人为偏旁，重新靠近诗歌的大门
我和诗歌并作我们，我还将与门一同生长

第四辑

如　愿

在写诗人多过读诗人的今天
那些好诗将我从麻木中唤醒

打手机的那个人

平日最怕接听父亲的来电
得第一时间接,省得他这顾虑那担心
得耐着性子听,听他没完没了地唠叨

更可怕的还有,你若打过去
一定十有九次不通,毕竟 80 多岁了
不是没听见,就是忘了把手机带在身边

可我昨日回家,刚进门就看见
他正对着手机亲热说话
这次是对哪位亲人
又唠叨着什么呢……

父亲的薯窖

老来的父亲喜欢种些花花草草
有时,将它们插在花瓶
无所事事时,总爱盯着看

那时我们还小,极度缺吃少穿
有时竟一日三餐吃红薯
吃厌了
但总感觉一直吃不完似的
原来,父亲在门前山埋着一个秘密
他亲手挖出的薯窖
一季冬藏
就管我们四姐弟一年的饥食

现在,门前山的薯窖早就废弃了
可在我的记忆中,那是
父亲当年深埋地底的大花瓶
多年后,我们姐弟终于开枝散叶

我喊娘亲为"哎奶"

据说这世界上的各种语言,
对母亲的称呼中几乎都有"ma"的发音。
我对此深信不疑:
谁不爱自己的娘亲?
谁不爱自己的妈?

我爱我的娘亲!
我爱我的妈!
是不是从我的第一声呼唤开始?
我是吃着娘亲的奶长大的,
我喊我的妈叫"哎奶"。

我就发现鄂赣方言与其他语言并不矛盾,
妈在心头,"哎"在嘴上,几乎脱口而出。
我们都是吃着娘亲的奶长大的,
喊声"哎奶",喊得自然贴切,
更喊出了心里满满的崇敬和爱意。

喊声"哎奶",
我喊了整整五十年。

只要娘在,我会喊得更勤,
喊这人世间最美最动听的称呼,
要无羞涩,但知羞愧,
关键是要记得自己的源头!

糯 米

一粒糯米
比其他米的长度要长
长处在于：可打糯米粉
再做成糯米粑、糯米坨……

一粒糯米是纯白的
白过所有其他米的白
年是年，我的母亲能将存贮的糯米
鼓捣出人世最黏的白

先是用清水淘洗
再精心浸泡
粒粒糯米变得又白又胖
像极了我们小时候的样子

黑荸荠和红草莓

黑不溜秋的荸荠
圆不圆,扁不扁的
又难清洗,又不好削皮

我、爱人、小孩都喜爱那通体透红的草莓
对眼下时兴的水果
我们认为,父母也肯定同样喜爱

直到有一天,父亲来电说
你们要带东西还是买点荸荠吧
我看见,父亲不厌其烦
将削好的荸荠一一堆放在果盘里

父亲知道,母亲不习惯吃草莓
母亲还是偏爱那淤泥中长出来的荸荠
里面有过去想吃却吃不到的甘甜

决明子枕

可醒目安神，可清肝益肾，可降压降脂……
那书上说的，我父亲都信

播种、收获、清洗、晾晒……
他亲手在自家菜地和院子里完成这些
每每都格外投入

我母亲自 2014 年那次大手术后
身体大不如从前
母亲病痛时
父亲的心就跟着痛

每临深夜，直至母亲安枕入睡
我年迈的父亲又忙着熬制中药汤
那颗粒饱满的决明子总是不可或缺……

爱的"痣书"

睫毛下，鼻根旁，一粒小黑痣
一个小黑点，我的脸的左边
睫毛下，鼻根旁，一粒小黑痣
一个小黑点，她的脸的右边
"妈妈！爸爸这里也有一颗"
你顽皮又准确地指着我那一点
露出惊喜的目光，好像发现了新大陆
瞧你那得意的样子，不到两岁
分得清大小，分不清左右
却好像说出了秘密。其实哪有秘密可言呢
因为在此之前或之后它都明显摆在那儿
我一辈子哪相信上天和命运呢
但我偏偏沉沦于上天和命运的最好安排
那年，那月，那个夏日黄昏
高大的梧桐树下，长长的甬道台阶
她翩然走来，短发，圆脸，背带裤
城里少女好看的模样，来不及仔细端详
就在那一瞬间，我看到一粒小黑痣
美丽的小黑痣，仿佛黑色的闪电
将我击中，击中了 26 年至今

一个小黑点爱着另一个小黑点,每天
爱一点点。一个小黑点看着另一个
小黑点,怎么也看不够。一个小黑点
围着另一个小黑点,围着绕着都是
满满的幸福呀!无论什么日子
我的一粒痣看似渺小卑微
我却一直志在其中其乐无穷……
前几天,读大学的你打来微信视频电话
你帅帅的样子,引得我俩抢着端详
你也有一粒小黑痣,那是我们的两个点
聚到一个点上了吗?它偏巧位于人中处
恰好印证,你就是我们的中心和希望
"健康快乐地成长胜过一切!"
三个小黑点的想法如此一致
就像三滴小墨水融在一起
一起书写爱的家志

早春的对应

为什么恰好是三棵？难道不是暗含某种
巧合？在凤池山顶新建公园，再往上
步行不到百米处，三棵高大的玉兰树把
天空拉近，蓝天更蓝，白云更白
干净的枝条缀满无数紫白的酒杯
馥郁的香气被早春的暖风推送得很远
迷醉了阳光的金线和渴望返青的植物
这是大年初四，这是我们一家三口与
户外新春的首次相约，仿佛某种
陶醉，久久站在三棵玉兰树前不忍挪足
仿佛不来个自拍，就不能心领神会开怀尽兴
我们异口同声喊出新年的第一声"茄子"
我们就一人对应了一棵繁花满枝的树

提篮花

可以将所有的花轮流往里面装
一个提篮不只是提篮了,是花提篮
所有的花不仅是花了,成了提篮花

想不到,一个小小的提篮可以发生重大的改变
有时是迎春、月季、绿萝、海棠……
有时是君子兰、三角梅、瓜叶菊……
她每天将它们装进花篮

五彩的塑料长片编织的篮身
两根涂红的小木棍并排弯曲成提手
提篮装上花,成了花的一部分
花装在提篮,花美出了新高度
她每天,提着花在房间里走动
放这儿是美,放那儿也是美

想起来,我真得感谢她那天意外的破费
为送我最好的生日礼物,她特意买了鲜花
原来,她可以将自己亲手栽种的所有的花
再修剪,再提升,再放在一个小小的提篮里

让我们所有清贫安静的日子
左看,是花提篮
右看,是提篮花

厨　房

餐厅与厨房仅一门之隔
门是磨砂玻璃推拉门
多数时候，门敞着

我瞥见
你在里面择菜、洗菜
你一如打开水龙头流出的清水一样清亮

当灶火燃起，你会将门关上
外面几乎没有一丝油烟
你在里面风风火火

我们在餐厅共享生活的美味
你总是意犹未尽，笑说新的炒菜心得

我的生日连着端午过

我在这天生,我在一个节日的头天生
因为好记,有很多亲人和熟悉的人记得
一个人的生日应是一个人的盛大节日了
我幸福的节日之后
又一个伟大的节日来临

你在那天死,悲愤地死
沉江而死,死去无踪影
却让这人世间,留下一个比生日更盛大的节日
这人世间,也只有一个人的忌日
成了所有人的节日

明天,将是你2296周年忌日
历史的长河沉淀亘古不变的风俗
天地之间充盈粽子的甘甜和艾草的清香
没有哪个节日,怀念和凭吊成为永恒的主题
不道快乐,只祝安康

而今天,你不会介意我唱起生日歌
我比你小了2308岁

你没有听见我的第一声啼哭
我半百的人生，还有余生
总在仰望你不曾远去的背影

瓦和我

瓦和我
我和瓦
在家乡的方言中
读音几乎一样

做瓦多好啊
瓦爬得很高
爬到了屋顶上顽皮
还顽皮地举起炊烟
喊我回家
做瓦多好啊
不是整块
一小片也行
小瓦片打水漂最厉害
贴着水面飞
比那些小石头
飞得远

我飞远了
飞久了

终究没成为瓦
而我的家乡
飞快地变化着
不见了瓦屋
没有了瓦片
它们飞去天上了吗
那瓦蓝的天空
一个劲儿地蓝
与从前一样

泉水眼

无声无息从地下冒出
一汪清泉盈盈　永不枯竭
不为井的深深浅浅
不为溪的浅唱低吟
你蓄满山里人小小的心愿
你映照山村青青的容颜
你夏季清凉父辈的唇
你冬日温暖孩童顽皮的手
你深情的歌无声无息注入我心怀
你一眼的顾盼与祝福
曾写满我远行的脊背……

山那边

山那边是什么呢
山那边有我看见的和未曾看见的

山那边一定还是山
只是山遮住了山，我不曾看见

山那边的那边一定是海吧
那看不见的排山，倒下去
不就是海吗
我看见了海

那所有看见的和未曾看见的
从小时候的小天真
幻化成现在的大回响

当我在山中渐老
仍心怀宽阔，背负希望……

一棵树

我小时候,它就已经很老了
村口挺立的一棵老柏树阴森可怖
树下,掩映一座榨油老碾屋
时常传出一种可怕的撞击闷响

多年以后,我才发现那回声的美好
那滴滴诱人的山茶油的馨香可贵
没有了老碾屋的影子,只有这棵不老的
老柏树,成了我内心的指引和守望

看樱花

也许早些来,我能看见盛开
也许晚点来,我会错过所有

飘落了那么多那么多,枝头还有多多
飘落了那么多那么多,地上越积越多

有风经过,无风经过
总有飘落,终将飘落

不止又一场春雪,不止浪漫的前言
不止一片新绿,不止又一年红果

恰如我来,怔怔地看过
那飘落的一朵、两朵……

易碎的

易碎的事物有很多
易碎,无时无刻不在给我一种提醒
比如:新置的书橱玻璃要固定紧
花瓶不要放在太高处
碗碟之间要防止碰撞……

当我在一张白纸上写下这些
就像写一首警觉之诗
白纸也是易碎的
这首诗,却时常被我默诵

麦 芒

列阵完毕。无数个我和
另一个我站在一起

告诉五月,我自带锋芒
告诉大地,我有黄金万两

弯月似的银镰将我收割
我的一切被太阳收藏

第三个愿望

人的一生是羁旅

年少时,是那么向往山外
凭山里长出的翅膀打开了世界

年老了,就想回去走一走,看一看
从此,将坚硬的翅膀收拢

今生已没愿望,若有
也只许来世,还选那山里母腹
再次投胎

砌书墙

我有一个书房
四面是墙
一面有门
一面有窗

我有一个书房
我用一生拿书砌墙
一本书是一块砖
直立行走的书籍层层排成行

我有一个书房
一面的白白光光砌了满满当当
又一面由低向高，从下往上
一天一天变了模样

我有一个书房
我就是那专一的工匠
砌啊砌啊，我不停地劳作不停地打量
砌啊砌啊，我是住进了属于我的心房

我有一个书房
由门进出,坐拥暖洋洋
有心看书,倦了看窗
窗里窗外全是好时光

分享珍藏

这十多年来
我一直坚持在做的只有两件事:
一是收藏年度邮册
一是收藏年度诗选

在不用纸写信的年代
小小的邮票成了我珍贵的记忆
在写诗人多过读诗人的今天
那些好诗将我从麻木中唤醒

现在,我多么愿意
将我珍藏多年的一首首诗篇
装进信封,再贴上一枚枚精美的邮票
郑重邮寄给所有认识和不认识的人

从脚开始

背负光,你总在我前面
迎着光,你又老跟着我
我快你也快,我慢你也慢下来
我再快,也踩不着你的肩膀
我再慢,你也从不放弃耐心掉头而去
有时我故意停下脚步
那一定是在凝视你躺在大地上的样子
在某个特定时刻,我一成不变
而你走着走着,却悄然变幻
我就喜欢你瘦瘦长长的样子
在我前面,或许就是一部生活的天梯
在我后面,必然是岁月的漫漫长河
在我侧面,左右扶我校正我
我们一生形影不离,只有脚
是我们唯一重合的部分
只有脚下,是我们每时每刻
沐光而行共同的起点

中年辞

我从不谈论一根白发究竟是
从发梢还是发根先白起
该长的让它长吧
要像草木顺其自然
我从不计较那曾经的过往得失
也不过于关心明天
人到中年，活在当下
当下之要，要善于做减法
像对付那身体上仅存的生长之物
我所能做到的就是
该减的都减去吧
譬如指甲，必须及时剪掉多余的部分
不致使我对待生活张牙舞爪
譬如胡须，若一日不刮
那我的人生看起来就很潦草
至于理发，肯定与白发无关

坐拥山腰

我说起一座不高的山像一个人
山有脚谓之山脚
山的头称之山顶
半山之地是越来越细的腰身

我说起一个爬山的人不像背山的人
只想与山来个拦腰拥抱
将山分成上下半身
一半在行走,一半在思考

我说起一个爬山的人只是散步的人
趁天色将晚
一回头已是满城灯火
再张望月色点亮繁星

我说起的山是小城正中的凤池山
我说起的人已是中年之人
半山有我,我走进我的影子
此刻,就让我坐拥山腰

第五辑

烙　画

它一直在倾听
听见了死之不死
听见了死后重生

老南瓜

乡下舅婆送来一个老南瓜,样子呈
不规则的长形,像牛腿,说是牛腿瓜
表层极粗糙,好像布满斑驳的岁月痕迹
必须使劲刨,因为它的皮实在太厚
再剖开,必须更用力,因为它高密度的
肉身更为坚硬。只有打开它的内心
才可看到,鲜红的瓤,鲜红的柔软

乡下的舅婆70多岁了,她的样子
就像老南瓜一样又老又土
我都好久没去看望她,她却惦记着我们
她或许没想太多,但我却忽然感到
这世间,还真有一种事物
越土越珍贵,越老越值钱
甚至有钱也不一定就能买到

这老极了的牛腿瓜,多么绵密香甜
难得一闻的味道简直好极了!只是
舅婆临走前,怎么也不要我的任何回馈
她低头,眯眼,在鲜红的南瓜瓤中仔细挑拣

那沾满血丝的南瓜子,粒粒细小
颗颗饱满。她说
要将它们重新带回土地

青蚕豆长有很黑的眼睛

一颗颗青青的豆荚，多像
一只只青蚕，一下子蹦出那么多
蚕宝宝，爬上初夏的餐桌
钓起所有人的好奇和尝鲜的胃口
当下的人们谁能抵住诱惑？至于
那小孩尤其喜欢，仿佛等不及的样子

我打小就等不及，等不及成熟的豆荚
炸裂声响，就深陷盼望
盼望美丽的蚕豆花像蝴蝶飞起
盼望好看的蚕宝宝一点点变大变胖
这又名佛豆的食物总堪当大任
多少次梦中误将拇指头含在口中
喂养青黄不接的童年

多少年过去，岂是那么简单的轮回
我相信，每一粒青蚕豆的头上都
长有很黑的眼睛，都有看见

挖笋的学问

看见竹子粗壮,枝繁叶茂
便知竹子根系一定发达

看见竹身距地面最近的那根竹枝的长向
便知新爆竹根的走向

只有新爆的竹根,才会长出竹笋
冬笋如是,春笋如是

会挖笋的人,无须看见
会有看不见的坚硬突然顶住常识的脚心

苹果的力量

苹果红了的时候,那是真的熟了
柿子红了的时候,还只能算半熟

若有一个完整、密封的小世界
让红苹果与红柿子待在一起
很快,红柿子会变软变甜

若问这其中的秘密,一个对另一个说
因为我呼吸着你的气息

野木耳

野外很常见,样子像极了耳朵
它不长在地上,长在木头上
长在一截死去的、腐朽的木头上

木头下面不是石头
时间摧朽了木头
木头催生了木耳
木耳在侧耳倾听
倾听死去的、腐朽的木头的声音
倾听泥土和大地的内心

它一直在倾听
听见了死之不死
听见了死后重生

喜树喜光

我喜欢喜树,喜树喜欢什么
一定是喜欢向阳的山坡
一定不挑肥拣瘦
地下延伸坚韧的根,地上笔直坚挺的躯干
喜树有招人喜欢的名字
喜树的表面却没有一点喜剧色彩
不是四季青,落叶的时候光秃秃
花期较长,却并无馥郁之香
也结果,却不能食用
我偏喜欢喜树,喜树喜欢什么
噢,喜树的内心最喜光亮
无论开花结果,总在季节的轮回中
沐浴光,拥抱光
向往光,追求光……

树　叶

不停地掉下叶子
是一件自然又很麻烦的事

从不抬头,只负责低头清扫
每一片都会看见
她一路清扫过去,街道干净整洁

不停地掉下叶子
她就一直做重复的事

那么多树叶被装进身旁的保洁车
从来都轻得一声不响

小麻雀

叽叽喳喳的麻雀多的是
小小的麻雀见过大世面
有时飞,麻灰的翅膀
不停地扑扇,更多的时候
又回到地上觅食,十分机警
双脚不分前后,步调一致
它的跳就是它的走
它的跑就是它的跳
不像我,只是
习惯了平稳行走
左脚先于右脚

一只小松鼠

凤池山上既无池更无凤
一日,我突遇一只小松鼠
伏在并不高大的柏树上
小松鼠离我有点距离
我不能凑近它
我发现它的时候
它头朝下
与直立的树反方向
适合垂直看地面
它似乎并不警觉
我却好奇地看它
它不无所动亮着眼睛
还拖着长长的好看的尾巴
它小小的神态像在大炫耀
炫耀好一阵后又迅疾跑去
留下呆立的我……

练习倒走的人

流水,向前;他,向后
一个上了年纪的人,好想时光逆流

不放过一个黄昏,在一小段河堤上倒着走
反正走着走着,将练习走成了每天的必修课

之前,一直走的"之"字路吧,都是朝前
之后,便有了这现在的无所谓进退的倒退

再无须向后瞅一眼
且将身板挺直,抬高的脚板落下了安然

他老来愿做练习者,每天倒走河堤一小段
夕阳总将他的背影拉得很长很长

城市蜘蛛人

一只蜘蛛,落叶般揪心
飘荡在巨型建筑的玻璃墙上

一手抓紧命运的吊绳
一手用抹布擦拭城市生活的亮度

爬,爬到城市的高处
朝遥远的山里老家望去
像只被拴住腿的鸟
一次次从高处落在安全的大地

拇指向拇指的致敬

一只拇指,落在我身上
一只拇指是一个点,具体落在
我身体的某个点上
使我稍感一点切肤之痛

一只拇指,一定是轻轻出发
然后迅速抵达,然后持续
持续的过程一定是用力的过程
一只拇指,凝聚了力

一只拇指,在我的身体游走
我的头部,我的背部
我的手指,我的脚趾……
一次游走往往耗费很久的时间

一只拇指,具有精准的指向性
熟悉身体,熟悉身体的穴位和脉络
点穴到位,以痛止痛
使我痛无疲乏,痛后舒泰

一只拇指，一个盲人的拇指
他惯于将一只手搭在另一只手
这样，方便手使出浑身的定力
如此，足够拇指传递手的力量

一只拇指，指上茧子加厚
替代语言指证了沉默的全部
一只拇指，刻录上眼睛在找寻
找寻按部就班又自食其力的生活

一只拇指，值得我一辈子敬重
我想伸出感谢的手，他也看不到
我只能在我的内心跷出大拇指
向他的大拇指致敬……

手　语

一双会说话的手
无声，却无碍地表述

无须纸和笔，无关表演
在现场，灵动的手指被打通了关节

手势熟练，一个接一个
构建了语言的字词句篇

没有什么不能表达和传递
一切化繁为简，化无形为有形

那是十指连心的抵达
一种无声的语言总是别有力量

剁　声

对付一些骨头，需要两把刀
一把刀立起，另一把刀挥起
立在找准的位置，这是下手的前提
高高地举起，必是重重地落下
我看见刀沿着另一把刀的一侧剁去
刀锋闪过刀身
这看似没什么两样的
刀对刀，其实有一种遵从
刀对刀，又是必然的碰撞
骨头越硬，越先要刀过刀关
这每天发生在菜市场卖肉摊上的一幕
这见怪不怪的，极易被忽略的时刻
先是啪啪啪，后又咚咚咚
厚厚的案板上持续着
如此默契的闷响

水　草

　　一辈子随了水的姓，不改草的名
　　水里生，水里长。还没疯够
　　就早早做了新嫁娘

　　无论有风无风
　　偏爱妆洗一头秀发。一辈子
　　一副软心肠

红花草

明明是花,是红花草的花
明明不是草,可偏偏称作红花草

红花草,挺美的花花草草
红花草,草草的一生化作肥料最好

红花草,红花草
比花美,比草好

山歌传承人

一日不唱,喉咙就发痒
有事没事总扯起嗓子
让山歌飞出幕阜山

有幸坐拥一条源远流长的河
他多么惦记手中接力棒的重量
绝不比木匠与木匠,铁匠与铁匠的
传承轻松,而需更多的匠心

他像熟悉庄稼和掌纹那样
熟悉山歌的特性,这还不够
如同打捞一口深井中无尽的宝藏
往往耗费一生的力量

执着地播散山歌的种子
不仅仅从一串串农事的压力中解脱
也寻得寻常日子的随意、任性、悠闲、自在
原汁原味的泥土仍然足够芳香

所有的田间、地头,村前、湾后

都是他的舞台,所有的生活和美好事物
都是歌咏对象。幕阜山绵延不绝
四季的歌声不歇

不仅仅是歌王引来众鸟和鸣
还会让山的回响久久回荡

祖祠的新功能

村湾里最集人群和最热闹的地方
非祖祠莫属了
一眼便可辨认,一脚却不一定能踏进
祖祠自古有规矩
可眼下,一个寻常的日子
一场自发的文艺演出登上祖祠的戏台
锣鼓声响,有人扯起嗓子唱起了山歌
服装统一,大妈们整齐跳起了"秧歌舞"……
但在村民眼里,祖祠永远是祖祠
列祖列宗在上,也永远在他们心里
不然,大幕阜山的村民也不会一呼百应
当徐徐的新风推开那厚重的大门
一进三重的祖祠焕发了新气象
最里层,理所当然用来供奉先人
在前厅,闲置的戏台终于派上了用场
在中堂,更是打造了道德课堂和科技讲堂
喜见男男女女和老老少少都来了
喜见祖祠真正成为百姓乐在其中的"文化礼堂"
旧有的陈规陋习和风俗被打破
良好道德和家风如此一脉相传

先进文化从未被如此弘扬
祖祠！姓氏族群中神圣的所在
祖祠！万辈世风的晴雨表
今日新农村，农耕之余、闲暇时间
过得多么风生水起、有滋有味……

石头上的烙画

必须有阳光,是正午,正午的阳光
必须有一块石头,是巨石,足够大
必须有一棵树,站在近旁,枝叶何其繁茂

接下来,就是见证奇迹的时候了
正午的阳光毫无保留地倾洒在一棵树上
全部树冠的叶子,投影在石头上

多么有幸!我们共同见证了这奇迹
更奇的是,这阳光烙在石头上的一幅画
不管有风无风,从此,也烙在了我们心头

钉　子

一枚钉子，爬上
一面硕大的雪白的墙

很明显，攀爬不是目的
深入才是它的本能

一头承受钝击，另一头
必然是尖锐的冒犯

当一枚钉子终于挂上挂钟
它隐约听到嘀嗒声

一张砂纸

他的眼中容不下沙子
他的一生在对抗沙子

他从不曾放过哪怕极细小的一粒沙子
他将沙子收集、密布、粘成一张砂纸

至少,不与污水合流
至少,还可做块石头

他总用砂纸擦拭骨头的锈
他总用砂纸打磨内心的光

附录

著名诗人叶文福点评《野樱花》

因为你这么多年的储备和耕耘，我现在看到的《野樱花》这些诗，比起以前看到的你的作品，有了一个大幅度的提升。首先是在语言上比以前干净简约了，再就是取材上有了一些自己的特点，歌颂高尚，歌颂辛勤，歌颂奇特。这些内容都是很好的，有了一定的质量。到了该收获的季节了，我希望看到一个不断进步的你。

叶文福，1944年出生，1966年开始诗歌创作，被评价为当代伟大的现实主义诗人。代表作有《祖国啊，我要燃烧》《将军，不能这样做》等。

2018年3月22日（根据录音整理）

著名诗人、诗评家汪剑钊点评《老南瓜》

从中国古典诗学来看,《老南瓜》是一首极为标准的贴合"赋比兴"手法的诗歌。诗的第一节就是一种典型的铺陈,诗人以"乡下舅婆送来一个老南瓜"领起,继而描写南瓜的特征,它因有一点儿像牛腿,遂被命名为牛腿瓜,令人不禁莞尔。接着,他又写道,表皮非常粗糙,有着岁月留下的痕迹,布满了斑驳。"皮实在太厚"则进一步说明瓜的老陈,倘若将它剖开的话,就比较费事,需要使用更大的力量。至此,诗的走向开始出现了微妙的变化,"赋"悄悄地向"比"转化了,坚硬的"肉身"一旦被打开,它就袒露了温柔的内心,露出那"鲜红的瓤""鲜红的柔软";主人公的立场也发生了偏移,由中立的陈述转换成了对舅婆的赞美,由物及人,指出在"老"与"土"的外表下,爱与善良有着弥足珍贵的价值,随着时间的流逝,它们愈加"值钱",也愈加是金钱无法衡量的东西。诗的第三节则是由衷的"感兴",在抒情的语调下,塑造了只为给予不求回报的舅婆这一形象,就像南瓜一样,外表失去了青葱亮丽的美,但内里是香甜的。这里,诗人再次以细节来凸显主题,分别时,作为礼尚往来,"我"希望有所"回馈",但她什么都不要,只是带回了南瓜子,它们虽然微不足道,但有饱满的灵魂。末句,舅婆说要将它们重新带回土地,有着深长的意味,既是自然的实写,又更喻指善的种子的再一次播撒。

汪剑钊，1963年生于浙江省湖州市。现为北京外国语大学外国文学研究所教授，比较文学与世界文学专业博士生导师。主要学术研究方向：中国现代诗研究、俄语诗歌研究和比较文学研究。出版著译若干种。

原载中国诗歌网 2018 年 12 月 24 日

浙江诗人李宝祥点评《第三个愿望》

这首诗写的是游子的羁旅生活，表达出诗者对故乡怀抱的眷恋之情。

开篇"人的一生是羁旅"一句，独立成节，总结游子为生计终年在外漂泊奔忙的羁旅生活，既总领全诗，为诗歌定下基调，又能引发读者的阅读兴趣，特别是能引起同龄人对此的关注。

诗者回顾年少时，渴望出走大山、闯荡世界。诗者在此，一言而止。在外漂泊的具体经历，没有描述。诗的空白，反而让诗的张力十足，给读者提供想象的余地和空间。

这首诗"断层式"的结构安排，拉大了时空距离。更何况人老了，叶落归根乃人之常情。同时，它也呼应了前文所写的年少时走出大山逐梦的情景，又恰到好处地表达了对大山对故土的养育之情。

诗者发自肺腑的感慨——若有来生，还愿做大山的孩子。多么质朴的文字，多么温馨的话语。作为同龄人读者的我，被诗的意境和内容深深地打动了，内心久久不能平静。如此这般贴近生活的诗意表达，才能打动人心，引发读者的共鸣。

李宝祥，男，60后，绍兴市作协会员，高级教师。诗歌发表在《山东诗歌》《诗词月刊》《浙江诗人》等诗刊及文学网络平台。诗观：诗是生活的浪花；诗是灵魂的吟唱。

原载《诗传播》2021年第4期

陕西诗人丛影点评《树叶》

这首诗用意象手法清晰地勾勒出诗者的内心情感以及对下层普通劳动者的赞美。他们低调、谦虚、默默无闻、任劳任怨。

诗者从"树叶"掉落联想到了人和事,将"树叶"掉落这一自然现象分析得透彻明了,从中透露出了诗者的内心情感,以及对那些默默无闻、不求回报的人的高度评价和歌颂。诗中"掉下""抬头""低头""清扫""装进""一声不响"这些词语增强了诗的感染力。

诗的语言干净利落,没有过多的修辞。作者从自然现象一步一步写到了最后:"那么多树叶被装进身旁的保洁车/从来都轻得一声不响",使读者自然而然地想到了人生。"树叶"多像我们的父母,一辈子为儿女操劳,然后默默地离开。最后这两句是诗的亮点,引人入胜,发人深思。

诗者是个热爱生活、细心观察生活的人,正能量满满。人间正是因为有"树叶",生活才变得快乐美好!

丛影,本名段爱玲,女,陕西人。作品发表在《江淮诗歌》《长江诗歌》《山东诗歌》等诗刊。诗观:用文字聆听灵魂,用心感受生活。

原载《诗传播》2021 年第 10 期

诗人访谈：《山东诗歌》主编禾刀与诗者的对话
——挖掘平淡生活中的美好，追求朴素本真的诗风

禾：您是从什么时候开始写诗的？

宋：我出生于1968年5月，14岁考上师范学校，语文成绩一直较好，课余偏爱阅读文学作品。记得读到的第一本诗集是哥哥带回家的雷抒雁的《春神》，我一下子着迷了。20世纪80年代，诗歌火热一时，一颗少年之心不可避免沉湎其中。我不断地到校图书馆借阅诗集报刊，到新华书店看见诗集就买，读到自己喜欢的诗作就抄录下来，然后就开始尝试着写。在校期间参加了吉林省《青年诗人》杂志的刊授学习，边学一些诗歌理论，边逼着自己多写多练。高兴的是终于于1985年在《青年诗人》（函授版）第8期刊发诗歌处女作《我的诗》。那是我的诗作第一次变成铅字，那一年我17岁，给了我很大的鼓励。

禾：您认为什么是诗歌？

宋：诗歌是我心目中的女神，是高尚的、圣洁的，她最能引领所有爱上她的人向上、向善、向美。诗歌是所有文学形式里的王冠，拥有至高无上的地位，更受大众青睐和喜爱，更能直击人类心灵。我喜欢阅读古诗词，没有什么事物和思考是古人没写过的，经典作品数不胜数，一个爱诗的人不能不读古诗词。我爱新诗走过的百年历史，我爱传统的新诗，更爱从传统

中走来的现代诗歌。在我看来，诗歌的定义较为宽泛，就是用最精练的、最纯净的语言对思想情感的最真实、最恰到好处的表达。

禾：您认为什么是好诗，能举一例吗？

宋：尽管好诗的标准不一，萝卜白菜各有所爱。但我相信一首好诗，绝大多数人都会说好，这当然是指诗歌这种文学形式本质上包含的一致性。我每天雷打不动坚持阅读中国诗歌网里的"每日好诗"，再细细咀嚼专家的点评，我就感觉到，好诗一定是慧心的发现，是匠心的打造。我非常赞同大诗人叶文福老师的观点，要写什么，就要把什么写绝。正如他的名作《火柴》（可怜一家子——／百十口，挤一间没有窗门的斗室／个个都渺小，渺小得全家一个名字／／但是，个个都正直——／站着是擎天柱的缩影／躺下，是一行待燃的诗／／每个人都有一颗自己的头颅／每人，一生／只发言一次／／光的发言／火的发言／燃烧的生命，高举鲜艳的旗帜／／明知言罢即死，却前仆后继／谁都懂得，一次发言／是一生的宗旨，是神圣的天职呵，火柴——／伟大的家族，英雄的一家子／莫说渺小，个个都是战士）不仅是将火柴写活了，更是将火柴写绝了，达到了几乎无人超越的高度。此诗饱含诗人独到的发现，娴熟运用拟人修辞，立意高远，言人所未言，诗句短小凝练，精悍有力，振聋发聩，极富感染力。

禾：在您的诗作中，有什么审美趣味？怎么来表达这种独特性？

宋：应该说，我写诗起步早，但由于种种原因，中途没坚持。近年来，听从内心的呼唤重拾诗歌，慢慢又写下一些。我也相信某著名诗人所说的话，人到五十应是到了人生中写诗歌最好的年龄，阅读面广了，经历多了，经验成熟了。但说起来很惭愧，至今还没写出较有分量的作品。我自认为还有一点点艺术的灵性，这也是决心从头再来的一点点底气。我出生于农村，一直生活在小县城，因此，我也只写熟悉的农村和小城镇日常生活，努力挖掘平淡生活中的美好，追求朴素、本真的诗风，孜孜以求走自己的路，先打动自己再感染别人。

禾：您推崇和喜爱的诗人有哪些？谈谈他们的诗作特点。

宋：我庆幸数十年来对诗歌的阅读一直坚持了下来，喜读不同类型、不同风格的诗歌，珍藏了近十几年来的年度诗歌选本。总体来说读得多写得少，但对自己喜爱的诗人的作品就会反复读，多读多琢磨。国外诗人我喜爱泰戈尔、惠特曼、阿玛托娃、里尔克等，国内喜爱的诗人有叶文福、王家新、汤养宗、马启代、张执浩、张二棍、剑男、杨章池、余秀华……其中，由于多次与叶老师接触，深受他的影响。他有正直的人格，有火热的激情，那针砭时弊的呐喊与对真善美的讴歌会永载史册，永不过时。近来，我痴迷对福建诗人汤养宗的诗集《去人间》的阅读。他的诗在当今诗坛独树一帜，有很强的辨识度，怀揣自己的"房卡"打开了"老旧"的内心，把我们熟悉的日常悄然还原到另一个空间，那里有这个时代久违的气息，诗中有大量的自陈、内观，又有寓言质地，想象超拔，耐人寻味。

禾：您认为诗人如何才能写出好的诗歌作品？

宋：写诗当然要靠天分，假如天资一般，也切不可投机取巧。我坚持写我熟悉的人与物，在知天命之后，更加关注身边，留心周遭，着力细微观察事物，寻求独特的角度，注重细节呈现，表达自己内心的真实感受。

禾：如何看待当下的网络诗者写作？

宋：我于去年3月1日正式注册中国诗歌网，至今在上面刊发68首诗歌，其中一首《老南瓜》入选"每日好诗""中国好诗"，后又被中国诗歌网推荐刊发于《诗刊》2019年第4期下半月刊，应该说我是当今网络诗写的直接受益者。网络诗写无门槛，正好可以多写多练习，但网络诗作汗牛充栋，泥沙俱下，也给阅读带来不便。如何让网络中的好诗不被埋没好像很难，但一首真正的好诗绝对可以在网络得到很好的传播呢。

禾：如何看待口语诗？

宋：我敬重真正的诗人，敬重有难度的写作。真的不必提倡怎么说话，就怎么写诗，这年头写诗的人不是比读诗的人还多吗？

禾：您认为当下的诗歌创作，有哪些问题？有什么建议和意见吗？

宋：我个人认为当下的诗者创作还有不少值得警惕的地方：比如打着先锋的旗号，写过于晦涩的、不知所云的诗；比如当今泛滥的口水诗；比如一些毫无实质内容，专注于玩弄修辞技巧的诗；等等。

禾：对于未来十年，自己有什么诗歌创作计划？

宋：既然钟情于缪斯，便永不放弃。既要认真学习借鉴，不断吸收营养，又要甘于寂寞，埋头创作，选准题材突破口，致力于形成自己成熟的风格。

原载《山东诗歌》2019年第6期